KB116792

# 프로이트가 죽어야 가족이 산다

## 프로이트는 사기꾼이다

### Freud Is a Fraud

# 프로이트가 죽어야 가족이 산다

초판1쇄  2018년 12월 21일
초판2쇄  2018년 12월 30일

지은이 ㅣ 배원식 · 심재명 함께지음
펴낸이 ㅣ 채주희
펴낸곳 ㅣ 해피&북스

등록번호 ㅣ 제13-1562호(1985.10.29.)
등록주소 ㅣ 서울시 마포구 신수동 448-6
전화 ㅣ (02)323-4060, 6401-7004
팩스 ㅣ (02)323-6416
메일 ㅣ elman1985@hanmail.net
isbn 978-89-5515-643-0

이 책에 대한 무단 전재 및 복재를 금합니다.
잘못된 책은 구입하신 서점에서 바꿔드립니다.

값 9,800 원

# 프로이트가 죽어야
# 가족이 산다

## 프로이트는 사기꾼이다

Freud Is a Fraud

# 목차

# 인간의 구원자는 프로이트님인가?
# 예수님인가?

어떤 기독교인들은 선한 의도로 상담심리학을 공부한다. 이를 기독교상담학이라 호칭하면서, 하나님을 믿는 것만으로는 영혼(심리)의 치유가 불가능하다고 여기는 듯하다. 그래서 상담심리학적 방편들을 적용하여 영혼의 아픔(쓴뿌리, 내면의 아이 등)을 치유하고, 이후 예수님을 만나도록 한다는 의도가 있는 것 같다. 그런데 그 결말은 의도대로 되지 않는다. 오히려 악하기까지 하다. 그것은 인본주의이며 진화론이고 생물학적 짐승주의(?)인 프로이트의 방법에 의존하기 때문이다. 프로이트 사상을 따르면 예수 그리스도로 이루어지는 전적인 영혼의 구원을 믿지 못하게 만들기 때문이다.

일명 기독교 상담가 중에 상당수는 프로이트 이론을 적용하여 영혼을 치유한 후, 예수님을 만나게 하면 된다고 주장한다. 하나님 말씀보다 프로이트 이론이 심리치유에 탁월하다고 여기는 것 같다. 즉 예수님이 치유하지 못하는 영혼(심리)을 "프로이트님"은 치료할 수 있다는 것이다. 어떤 심리상담사[1]는 프로이트의 정신분석학적

---

1) **참고 : 상담심리학적 이론들** 정신분석학: Sigmund Freud / 자아심리학: Anna Freud / 개인심리학: Alfred Adler / 분석심리학: Carl Gustav Jung / 대상관계학: Harry Stack Sullivan, Melanie Klein, Donald W. Winnicott, W. Ronald D. Fairbairn, margaret s. mahler / 자기심리학: Heinz Kohut / 행동주의: John Watson, Burrhus Frederic Skinner, Ivan Petrovich Pavlov / 행동주의사회학습: Albert Bandura / 현실요법: William Glasser / 합리정서행동치유: Albert Ellis / 가족치유: Virginia Satir, Salvador Minuchin, Murray Bowen / 교류분석: Eric Beme / 형태주의: Fritz S. Perls / 인지치유: Alon Beck / 인간중심(인본주의): Carl Rogers / 의미요법(실존분석): Viktor Emil Frankl / 심리사회발달론: Erik Frikoon 등등은 모두가 진화론이며 인본주의저 방편이나.

방편이 아닌, 아들러의 개인심리학 혹은 융의 분석심리학적 방편 등등을 사용함으로 여기에 해당하지 않는다고 말한다. 그런다고 프로이트를 벗어날 수는 없다. 이유는 인간의 실존적 문제의 원인을 인간이 만든 방편으로, 인간자체에서 찾고, 인간이 해결하겠다는 의도가 같은 인본주의이기 때문이다.

기독교 상담대학원 강의실을 들여다보자, "보아라, 교회공동체가 하지 못하는 심리치유를 상담심리학은 할 수 있지 않는가?" 하고 원생들에게 교수들(일명 상담심리학목사들)이 설파하고 있다. 심지어는 상담심리학을 모르고 목양을 하는 목회자는 무식하다고까지 여기는 부류도 있다.

독자는 인간중심주의, 자연중심주의, 예수중심주의 중 어느 세계관을 가지고 있는가? 그리고 어느 세계관이 인간 영혼의 치유에 도움이 된다고 생각하는가? 인간중심주의는 인간 삶의 상황들을 인간자체에서 근원을 찾자는 것이다. 이는 인문학이라는 이름으로 성행하고 있다. 자연중심주의는 인간 삶의 상황들을 자연의 법칙에서 근원을 찾자는 것이다. 이는 점성학, 명리학이라는 이름으로 성행하고 있다. 예수중심주의는 인간 삶의 상황들을 하나님의 섭리에서 근원을 찾자는 것이다. 이는 성경이다. 이로 볼 때 현존하는 상담심리학은 인문학이다. 즉 인간이 처한 문제들을 인간자체에서 해답을 찾으려 한다는 것이다.

이 책은 현존하는 상담심리학에서의 프로이트 사상을 어느 정도 알고 있는 그리스도인들을 대상으로 발간한 것이다. 그들에게 프로이트의 학문과 사상을 왜 부정해야 하는지 말하려고 한다. 프로이트의 정신분석학은 사람을 치유할 수 있는 능력이 없으며, 그가 남긴 사상은 세상에 선한 영향력을  끼친 적이 없음을 필자는 강력히 주장하는 바이다. 선한 영향력은 고사하고 오히려 악영향을 끼치고 있다. 그 이유는 현대상담심리학의 거인들이라 일컬어지는 프로이트와 융, 아들러 등 뿐만 아니라, 『종의 기원』의 저자이자 진화론의 주창자인 다윈과  『자본론』으로 유명한 공산주의의 창시자 마르크스는 같은 계보에 속하여 있으며, 이들은 모두 인간의 문제들을 인간 자체에서 찾으려는 인본주의와 진화론을 철저하게 신봉한 인물들이기 때문이다. 그러니 당연히 신본주의와 창조론을 지지하는 그리스도인들의 입장에서는 악의 악이라 할 수 있다.

본서의 프로이트 사상에 대한 비판은 기독교 세계관을 중심으로 하고 있다. 그러므로 기독교 대학에서 기독교 상담심리학을 가르치고 있거나, 전공하고 있는 사람들에게 읽혀지기를 소망한다.

## 프로이트의 정신분석학은 과연 사람을
## 치료할 수 있는 효능이 있는가?

결론부터 말하자면 없다. 혹시 있다 하더라도 그것
은 피상적이고 일시적인 목욕효과이거나, 피분석자(내
담자)의 믿음에 의한 플라시보 효과일 가능성이 크다.
혹은 우연일 수도 있다.

## 분석자(상담자)의 인격적 수준이 높아서
## 치료되는 경우도 있을 수 있지 않을까?

분석자의 인격적 수준이 높다고 하더라도, 사람의 영
혼을 구원할 정도로 수준 높은 사람은 있을 수 없다. "의

로운 사람은 없다. 단 한 사람도 없다.”라는 말씀을 믿는다면, 영혼을 치유할 만큼 인격적 수준이 높은 사람은 없을 것이다.

또한, 분석자의 인격수준과는 별개로 분석자가 사용하는 도구가 잘못되었기에 치료할 수 없다. 즉 진단부터 오진인데 치료가 될 수 없다. 위암 환자인데, 뇌를 개복하면 되겠는가? 의사가 개복수술을 하는데 메스 대신에 포크를 준비하고 있다면 과연 수술이 잘 될 것이라는 기대를 할 수 있을까? 현존하는 상담심리학적 방편들은 진단에도 문제가 있고, 그 진단에 따른 처방에도 문제가 있다.

어쩌면, 분석자가 수련을 통하여 공감의 기술을 익혀서, 혹은 분석자와 피분석자 서로의 선천적인 기질이 유사하여 대화를 나눴을 때, 정서적인 편안함을 느껴서 피분석자가 치료받은 기분을 느낄 수는 있다. 그러나 그것은 진정 치료된 것이 아니라 진료소 안에서 느끼는 일시적인 편안함일뿐, 분석자는 결코 진료소 바깥에서 이루어지는 피분석자의 삶을 변화시킬 수는 없다.

게다가, 분석자 스스로도 자기 자신을 잘 모르므로, 피분석자에게 진단과 조언을 할 수 없다. 정신분석학이 무의식을 다루는 학문이기에, 분석자가 의식을 이용하여 무의식을 파악한다는 것은 그야말로 어불성설이다. 의식으로 파악할 수 없는 의식 너머의 영역이 무의식이기 때문이다. 그러므로, 프로이트의 정신분석학을 모토로 출발한 현대상담심리학적 방편으로는 분석자 자신의 무의식을 수면 위로 드러낼 수 없는 것이다. 하물며 자기분석도 안 된 분석자가 피분석자의 무의식을 분석할 수 있을까? 설사 분석했다고 해도 그것이 무의식의 내용인지 과연 어떻게 알 수 있을까? 만약 그럴 수 있다면, 그것은 아마도 인간의 능력을 초월한 그 무엇이어야 할 것이다.


## 프로이트 본인도 자신이 주장한 치료법을 이용하여 치료한 적이 없다


## 프로이트가 시도했던 치료법들로 인해 피해를 본 환자들의 사례

프로이트는 신경증을 치료하기 위하여 정신분석을 통한 언어치료뿐만 아니라 최면치료, 전기충격치료, 냉기보존치료, 광천치료, 심지어 마약성 약물인 코카인을 이용한 치료까지 동원하였다. 또한 그는 그러한 정신적인 문제들을 완화하기 위하여 본인 스스로도 코카인을 즐겨 복용하였고, 환자들에게도 적극 권하였었다. 그는 코카인이 신경쇠약이나 우울증과 같은 증세들을 감쪽같이 없앨 수 있다고 선전했다. 그러나 그가 코카인을 과다 투여하여 그의 친구 플라이슐 마르소브를 죽게 만든 이후에는, 그가 쓴 서적들의 참조문헌 목록에서 그가 저술하였던 "코카인에 대한 연구"를 배제하였다.

프로이트의 환자 중 엠마 에크슈타인이라는 사람이

있었는데, 프로이트는 그녀에게 히스테리라는 진단을 내렸다. 그녀의 증상은 위장 장애, 심한 생리통을 동반한 과다한 월경, 그리고 청소년기부터 지속된 심각한 두통이었다. 그 당시 프로이트는 코와 생식기관 사이에 밀접한 관련이 있다고 주장했는데, 프로이트에게 있어서 모든 히스테리 증상은 성, 즉 생식기관과 관련이 있으므로, 프로이트는 엠마에게 히스테리 증상을 없애기 위해서는 코의 형태를 바꿔야 한다고 말하였다. 프로이트는 엠마의 코 수술을 그의 친구인 빌헬름 플리스에게 맡겼는데, 그의 실수로 인해 그만 엠마의 콧속에 수술에 사용했던 거즈를 방치하고 수술을 종료하고 말았다. 그 때문에 코에서 계속 출혈이 발생하고 고름이 흘러나오게 되었다. 결국 나중에 거즈를 제거하기는 했지만 엠마의 코뼈는 움푹 주저앉고 코 양쪽이 완전히 무너져 내리게 되었다. 그러나 프로이트는 의료 실수 때문에 생겼던 문제들을 인정하지 않았으며, 오히려 코에서 출혈이 생긴 것이 히스테리 증상에 의한 것이고, 그녀의 성적 욕망에 기인한 것이라고 주장했다. 더 나아가, 그는 그녀가 피를 흘린 것에 만족했을 것이라는 말도 서슴지 않았다.

## 프로이트가 완치되었다고 주장했으나 실제로는 전혀 치료가 되지 않았던 환자들의 사례

프로이트는 자기의 저서들을 통하여 자신이 치료 시도 했던 환자들의 사례들을 소개했는데, 그 중 실명을 언급하지 않고, 마치 소설의 등장인물들처럼 가명을 붙여준 환자들이 있다. 안나 O, 도라, 한스, 늑대인간, 쥐인간 등이 바로 그들인데, 프로이트는 마치 그들이 완치된 것처럼 소개하였지만 실제로는 전혀 그렇지 않았다.

안나 O는 그의 저서 속에서는 완치되었지만, 그녀의

실제 모델인 베르타 파펜하임은 그렇지 않았다. 또 도라는 완쾌되었지만, 현실의 이다 바우어는 여전히 아팠으며, 소년 한스는 건강을 회복했지만, 헤르베르트 그라프는 그렇지 못했다. 쥐인간으로 분했던 에른스트 랑제나, 늑대인간으로 분한 세르게이 판케예프도, 마찬가지로 프로이트가 전혀 치료하지 못하였다.

예를 들어, 프로이드 책에 늑대인간으로 등장했던 세르게이 판케예프는 비정상적인 성욕, 동물에 대한 공포심과 강박관념, 불안감으로 인한 발작 증상으로 고통받았다. 그런데, 프로이트를 만나 4년 동안 꿈의 해석을 통한 정신분석으로 치료를 받았지만 전혀 치료되지 않았다. 그는 평생동안 프로이트 말고도 10명의 정신분석학자의 상담치료를 받았지만 92세의 나이로 늙어서 죽을 때까지 전혀 치료되지 않았다. 그리고 그는 죽기 직전 이렇게 말하였다. "지금까지 살면서 내가 받은 치료는 최악이었다. 프로이트의 치료를 받았지만 그전 상태와 비교했을 때 달라진 것이 거의 없었다. (…) 정신분석학자들은 내게 긍정적인 영향을 주기는커녕 오히려 나를 더 고통스럽게 만들었다."

## 그럼에도 불구하고 프로이트는 어떻게 자기가 환자들을 고쳤다고 우길 수 있었을까?

프로이트의 정신분석학이 무의식을 대상으로 삼고 있기 때문이다. 인간이 지각 할 수 없는 영역을 다루고 있기 때문에 다른 사람들의 비판을 무시한채 프로이트 자신의 마음대로 이론을 펼칠 수가 있었다. 그러므로 진단도 프로이트 마음대로, 처방도 프로이트 마음대로, 처방이 효과가 있었는지 판단하는 것도 프로이트 마음대로였다.

치료효과가 없다는 말에 프로이트는 이렇게 말했다. " 환자가 치료행위를 믿지 않기 때문이고, 환자가 믿는다고 하더라도 환자의 무의식이 무의식적으로 억압을 받았기 때문에 효과가 없는 것이다." 또한 다른 측면으로는 환자 스스로가 무의식적으로 치료 받기를 원하지 않기 때문이라고도 해석한다.

　게다가, 프로이트는 환자가 너무 빠르게 호전되어도 이 또한 문제라고 판단하였다. 왜냐하면 그는 정신분석에는 끝이 없다고 생각했기 때문이다. 그래서 신경증 증세가 여전히 남아있다고 하더라도 완쾌가 되었다고 말하기도 하였다. 증세가 사라지는 것은 있을 수 없는 일이라고도 프로이트는 말하였다.

## 프로이트의 정신분석학은
## 어떻게 사회에 악영향을 끼쳤는가?

## 프로이트의 사상은 성적인 방종을
## 정당화한다

　프로이트의 사상은 사람이라면 누구에게나 근친상간의 욕망이 있다고 단언한다. 프로이트의 사상은 여성이라면 남성의 성적인 유혹에 불쾌감을 느낄 수 없다고 단정한다. 표면적인 거부는 무의식적인 성적 충동을 억압하기 위한 장치일 뿐이라는 것이다. 이는 강간, 성폭력, 성희롱 등 각종 성범죄를 정당화할 수 있는 논리이다.

프로이트의 사상은 자위를 유아적 퇴행으로 간주한다. 따라서 부부 사이의 성관계가 뜸할 경우, 성적 욕구를 해소하기 위해 자위를 하는 것보다는 유흥 업소를 출입하거나, 불륜을 저지르는 것이 더 낫다는 궤변을 서슴지 않는다.

프로이트는 성적 욕구의 해소를 가로막는 모든 사회적인 억압이 사람들에게 신경증을 유발한다고 주장하였다. 그러나 본인 스스로는 사회적인 억압을 타파해서는 안 된다고도 하였다. 사회적인 억압은 문명과 문화가 탄생하고 유지되게 하는 원동력이므로 사라져서는 안된다는 것이다. 그러므로 사회적인 제도의 개혁이 아니라 정신분석으로 사람들의 신경증을 해소해야 한다고 그는 주장하였다. 프로이트의 이런 발언을 두고, 혹자는 프로이트가 성적 방종을 부추겼다는 주장은 부당하며 프로이트는 오히려 금욕주의자에 가깝다고도 말하지만, 과연 그러할까?

프로이트가 사회적인 억압을 필요악으로 규정한 것은, 그가 명확한 신념과 세계관을 가지고 사상을 전개하다가 맺어진 결과물이 아니라고 본다. 그는 오히려, 사회와의 공생관계를 이루려고 한 것이다. 사회적인 억압이 계속 존재해서 신경증 환자들이 지속적으로 발생해야 정신분석학자들이 먹고 살 수 있지 않겠는가? 그가 사회적인 변혁보다는 정신분석을 통해서 신경증을 해소해야 한다는 발언을 한 이유가 여기에 있다고 여긴다. 의사는 환자를 치료해서 건강하도록 해야 하지만, 역설적으로 사람이 계속 아파야 의사가 잘 먹고 잘 살 수 있는 것처럼 말이다. 예수님께서는 말씀하셨다. "의사는 건강한 사람에게 필요하지 않고 병든 사람에게 필요하다."

그리고 사회에 존재하는 성적 금기들이 없어져야 사람들에게 이롭다는 사상들이 국가 행정가나 교육자들 그리고 사회운동가들의 머릿속에 들어간다면, 과연 이 사회는 앞으로 어떻게 될까?

법과 제도와 교육을 뜯어고쳐서 성과 관련한 사회적인 터부(taboo)들을 없애려고 할 것이다. 현재 세계의 교육계를 보라. 동성애, 소아성애, 동성혼. 짐승혼 등등 금기시 되던 내용들이 마치 인권의 억압에서 비롯된 것처럼 여겨, 인권이라는 이름으로 당연시 하고자 하는 상황아닌가?

# 프로이트의 사상은 가정을 해체한다

근친상간의 욕망이 누구에게나 내재한다고 가정함으로써, 부모와 자식 사이의 관계를 왜곡시켜버린다.

더 나아가서, 자신과 동성의 부모를 질투하고 그를 죽이고 싶어하는 충동이 누구에게나 존재한다고 말하기 때문에, 부모와 자식 사이의 관계를 파괴한다.

신경증 등 정신병리학적 증상들이 어릴 적에 부모로부터 받은 성적 유혹, 혹은 성적 학대로부터 기인했다고 분석하기 때문에 부모와 자식 사이가 악화될 수 밖에 없다.

일부일처제의 가족 체제가 리비도의 억압을 유도하고, 이 때문에 신경증이 유발된다고 프로이트는 판단했다. 프로이트는 실제로 자기에게 찾아왔던 내담자를 이혼 시키기도 하였으며, 불륜을 장려하였다.

그 내담자는 미국인 여성 도로시 벌링엄이었으며, 네 자녀를 둔 어머니였다. 프로이트의 권유에 의해 이혼을 하였다. 결국 그 남편은 이혼한 후 창문에서 뛰어내려 자살하고 말았다. 벌링엄의 아들 중 한 명은 알코올 중독자가 되었고, 이후 바르비투르산계 수면제를 과다 복용하여 스스로 목숨을 끊었다. 그는 죽기 전에 프로이트의 딸인 안나 프로이트에게 정신분석학적 치료를 받은

적이 있다. 그런데 벌링엄은 안나 프로이트의 연인이었다. 이 사례가 프로이트 정신분석학의 실체를 총체적으로 보여준다. 가정을 파괴시켰으며, 자살의 결심과 심적 고통으로부터 한 사람을 구원해주지도 못 한 것은 물론이거니와, 아버지 지그문트 프로이트의 영향이 없었다면 정상적으로 남자와 교제하며 살아갈 수도 있었을, 딸 안나 프로이트는 레즈비언이 되어 자기 아버지의 환자와 연인이 되었다.

그 연인의 아들을 자기 환자로 삼아 치료를 시도했다가 그 마저도 구하지 못 한 것이다. 지그문트 프로이트가 동성애에 부정적인 입장을 취했던 것은 사실이지만, 그가 그의 사상을 쏟아 부어서 키워낸 딸 안나 프로이트가 어떤 인생을 살게 되었는지를 보라. 열매를 보면 그 나무가 어떤 상태인지 알 수 있는 것이다. "좋은 나무는 모두 좋은 열매를 맺고 나쁜 나무는 나쁜 열매를 맺는다."

## 프로이트의 사상은 여성이 남성보다 열등하다는 인식을 조장하며 여성을 혐오한다

프로이트에게 있어서 여성은 그저 남근이 결여된 인간일 뿐이다. 프로이트의 사상에 있어서 인간 정신의 에너지는 리비도이고, 리비도는 남근에 그 뿌리를 두고 있다. 따라서 한 사람의 인격 발달 또한 남근이 기반이기 때문에, 결국 여성은 남성에 비하여 인격 발달이 미숙하고 열등한 인간이라는 결론이 나온다. 실제로 프로이트는 여성은 남성보다 초자아의 발달이 부족하기 때문에, 도덕적 관념이 남성에 비하여 결여되어 있다는 말을 하기도 하였다.

그렇기 때문에 프로이트는 여성들이 남성들의 남근을 부러워하고 그것을 가지고 싶어한다는 말을 마다하지 않았다. 그와 반대로 남성들은 여성들에게 남근이 없는 것을 보고 자신의 남근이 사라질 수 있다는 공포, 즉 거세에 대한 공포를 지니고 있다고 단정지었다.

프로이트의 사상은 파시즘과 전쟁을 옹호하며, 니체의 초인과 같은 엘리트가 우매한 군중을 통제하는 것이 이상적인 정치라고 여긴다.

## 기독교는 프로이트의 정신분석학과 왜 양립할 수 없는가?

프로이트의 친부살해에 대한 집착때문에, 그는 하나님 '아버지' 마저 죽이려 들었다. 그의 저서 '모세와 일신교'가 대표적이다.

기독교에서 성을 말하지만, 그것은 자유를 말하는 것이지 방종을 말하는 것이 아니다. 기독교는 금욕주의가 아니다. 율법의 완성은 금지에 있는 것이 아니라 자유에 있다.

"간음하지 말라"는 말씀은 사랑이 없는 성행위, 상대에 대한 배려가 없는 성행위, 부부 사이가 아닌 다른 사람과의 성행위를 금하는 것이지, 부부의 성행위를 금하는 것은 아니다. "성적 쾌락이 죄악"이라는 말씀은 더더욱 아니다. 다만 성적 충동을 가벼이 여기고 마음대로 행동하였을 때, 나타날 사회적 부작용을 없애기 위한 금욕주의를 말하는 것이다.

성적으로 자유로운 생활을 하였을 때, 성적인 자유를 누리는 것이 아니라, 오히려 그 행위 때문에 사신을 옭

아매게 되는 것이다.

    프로이트는 기독교의 금욕주의적 성윤리 때문에 성적인 충동의 억압이 발생하고, 그 때문에 사람들에게 신경증, 변태성욕 등이 유발되고 사람들이 위선과 거짓말을 일삼게 된다고 했다. 기독교의 성윤리가 금욕주의적이라고 판단한 것부터 잘못되었으며, (혹은 프로이트 당시 서구 기독교가 율법주의에 빠져들었기 때문에 그런 인식이 생겼을 수도 있지만,) 기독교 때문에 사람들이 고통(신경증)에 시달리게 되었다는 결론을 내린 것도 납득할 수 없다.

# 기독교는 가정을 소중히 여긴다

예수님께서는 "따라서 그들은 이제 둘이 아니라 한 몸이다. 그러므로 하나님이 짝 지어 맺어 주신 것을 사람이 갈라놓아서는 안 된다"고 말씀하셨다. 또한 이어서, "누구든지 음행한 경우를 제외하고 자기 아내를 내보내고 다른 여자와 결혼하는 자는 간음하는 것이다"고도 말씀하셨다. 이 말씀을 들은 제자들이 "아내에 대한 남편의 입장이 그렇다면 결혼하는 것은 유익하지 않겠습니다"라고 툴툴거리기까지 하였으니, 참으로 재미있는 일이다. 이는 당시 사회에서 조그만 꼬투리만 잡혀도 일방적으로 아내를 내쳤던 남편들이 많았기에 예수님이 이렇게 말씀하신 것이다. (당시 사회에서 이혼한 여자들의 물리적 생존과 사회적 생존이 모두 어려웠을 것임을 고려하면, 어쩔 수 없이 남편에게 아내가 종속되어야 했을 것이다.) 제자들은 예수님의 이 말씀을 듣고, 남성 우위의 결혼관을 부정하는 것이라고 받아들였기에 불만을 표한 것이다. 예수님의 제자가 된 사람들은 가정을 소중히 여기며, 한 몸 안에서는 우등한 것이 없고 열등한 것이 없는 것처럼, 한 몸이 된 부부 사이에는 우열이 없음을 알아야 할 것이다.

그리고 아내가 음행한 경우라도, 예수님께서 음행한 여인을 용서해 주셨듯, 아내가 그 행위를 회개한다면 남편도 아내를 용서할 수 있어야 할 것이다. 음행이 부부 사이의 언약 관계를 파괴하는 행위임에도 불구하고, 예수님께서 "원수를 사랑하라"고 하셨음을 생각한다면, 그마저도 끌어안을 수 있는 것이다. 부부 사이의 일에는 남편의, 혹은 아내의 일방적인 잘못은 없는 것이다.

구약 시대에서부터 신약 시대에 이르기까지, 하나님이 강조하시는 것은 무엇인가? 모세의 십계명에서, 처음의 네 계명은 사람이 하나님을 대할 때 명심하여야 할 것들이고, 여섯 계명은 사람과 사람 사이의 관계에서 명심하여야 할 것들인데, 여섯 계명 중 가장 먼저 적힌 것이 무엇인가? 네 부모를 공경하라는 말씀이 아닌가?

프로이트의 이론은 무의식 속에서 자기 어머니와의 잠자리를 갈망하는 아들과, 자기 어머니와 동침할 수 있는 권리를 차지하고 있는 아버지에 대한 질투 때문에 그를 살해하고 싶어하는 아들을 그리고 있다. 또한 자녀가 어릴 때, 부모로부터 성적 유혹을 받는다고 이야기하고 있다. 이런 관점으로 자기 부모를, 혹은 자기 자녀를 바라보게 된다면, 그 눈에 어떻게 공경이 담기겠으며, 그 눈에 어떻게 무조건적인 사랑이 담기겠는가?

프로이트는 일부일처제의 가정 윤리가 남편과 아내의 리비도를 억압하여, 신경증을 유발한다고 이야기한 사람이다. 프로이트는 그에 대해 아주 간단한 해결책을 내놓았는데, 그것은 바로 바람을 피우는 것이다. 프로이트의 말을 직접 인용하면, "결혼한 사람들이 신경쇠약에 걸릴 경우 병을 낫게 하는 해결책은 간단하다. 바람을 피우면 된다." 더 말할 것이 무엇이 있겠는가?

가족해체

가족사랑

기독교는 남성과 여성의 기능적 역할이 다르다고 이야기할 뿐, 남성이 여성보다 우월하다고 여기거나, 더욱이 여성을 혐오하지도 않는다.

　현대 사회에서는 생업 전선에서 남녀를 구별하지 말자는 여러 운동이 벌어지고는 있지만, 현실적으로는 하는 일에 따라 남녀가 구별될 수 밖에 없다. 이는 아무리 부정하려고 해도, 남성과 여성의 신체적 구조와 기능적 분야가 다르게 설계되었기 때문이다.

　우리의 존재가 하나님으로부터 비롯되었다고 믿는다면, 남자와 여자를 만드실 때 둘 사이의 역할과 기능을 나누시고, 각각의 역할과 기능에 맞게 몸과 영혼의 형상을 만드셨다고 보아야 할 것이다.

기독교인이라면 남성과 여성에게는, 분명히 역할과 기능의 차이에서 오는 사회적 역할의 차이가 있음을 인정해야 할 것이다.

그러나 이것이 남성과 여성의 우열을 나누는 기준이 아님을 알아야 할 것이다. 위에서 언급하였듯이 하나님은 부부를 "한 몸"으로 표현하셨는데, 한 몸 안에서는 우열이 있을 수 없는 것이다. 만약 남편을 머리로 표현하고, 아내를 머리를 받치고 있는 지체라 표현한다고 해보

자. 과연 이것이 남녀 차별인가? 지체가 없는 머리가 있을 수 있겠으며, 자기 지체를 사랑하지 않는 머리가 과연 살아남을 수 있겠는가?

반대로 머리 없는 지체가 있을 수 있겠는가? 지체가 머리의 말을 듣지 않는다면 그 몸뚱아리가 성할 수 있겠는가? 서로의 역할을 충실히 수행하며 합력하여야 함을 이르는 비유인 것이다.

현대 사회에는 남성과 여성을 편가르는 수많은 세력들이 있다. 어떤 이들은 남성의 우월함을 주장하고, 어떤 이들은 여성의 우월함을 주장하며, 어떤 이들은 성평

등을 주장하며 오히려 남성과 여성의 반목을 부추기기도 한다. 프로이트의 사상은 그러한 이들의 헛된 주장을 뒷받침해주는 도구들 중 하나일 뿐이다.

누구든지 공동체의 지도자가 되려면, 그 공동체를 섬기는자가 되어야 한다고 기독교는 역설적으로 이야기한다.

# 프로이트가 죽어야 한다

프로이트의 정신분석학은 과연 만민에게 보편적으로 통용될 수 있을까?

프로이트의 정신분석학은 프로이트 본인의 자전적인 기록일 뿐, 모두에게 통용되는 학문이 아니다. 게다가, 프로이트의 인생과 그의 인생관을 들여다보았을 때, 그와 공감대를 형성할 사람이 얼마나 있을지 의문스럽다.

프로이트의 정신분석학의 주요 내용 중 하나는 부모와 자식 사이의 성적 충동의 억압과 해소가 성격으로 형성된다는 것인데, 그것 자체에도 동의할 수 없거니와, 백 번 양보하여 맞다고 치더라도, 사람들마다 선천적으로 타고난 개인별 심리적 기질도 다르고, 가정 환경도 다르므로, 어느 누구에게나 이러한 이론을 똑같이 적용할 수가 없다.

프로이트의 정신분석학은 여성을 배제한 학문이므로, 여성에게 적용할 수 없다. 그러나 아이러니하게도 프로이트의 연구 대상들 중 대다수가 여성이었으며, 그의 후계자 또한 그의 딸인 안나 프로이트였다.

프로이트의 정신분석학은 프로이트의 경제적인 이익

과 사회적 지위의 상승을 위한 그만의 도구였으며, 애초에 사람들을 치료하기 위한 방편으로 만들어진 것이 아니다.

현대 상담심리학적 방편들은 사람이 사람을 구원할 수 있다고 여긴다. 사람을 소중히 여기자는데 무엇이 문제이겠는가? 다만 사람을 소중히 여기되 인본주의적 관점이 아닌 신본주의적 관점으로 보아야만 해결책이 있다.

인간에게도 영혼을 구원할 수 있는 능력이 있다는 착각을 버려야 한다. 예수님께서는 말씀하셨다. "어떻게

눈먼 사람이 눈먼 사람을 인도할 수 있느냐? 둘 다 구덩

이에 빠지지 않겠느냐?"

인간사 : 유한의 삶          구속사 : 영원한 삶

# 육체와 영혼은 상보적이다

  프로이트는 유물론자이자 반유물론자이다. (상징적인 의미인 동시에 실재적인 의미의) 성적인 욕구와 충동이 인간 무의식의 근본이라고 본 점에서 그는 영을 부정한 유물론자이다.

  그는 실제로 말년에, 생명과학이 그가 살던 시대보다 더 발전한다면, 인간의 무의식과 의식을 뇌의 특정 부위들에 국한시켜서 설명할 수 있을 것이라고 보았다. 그러한 시대가 도래한다면, 정신분석학은 사멸하고 약리학이 그 자리를 대체할 것이라는 것이다. (현대 정신병원에서 정신병을 치료하기 위해 약물을 처방하는 것을 보면 그러한 때가 온 것 같기도 하다.) 그와 동시에, 무의식에서 일어난 문제들이 신체를 지배한다는 그의 사상을 보면 그는 철저한 반유물론자이기도 하다.

프로이트는 모든 신체적 증상들이 어린 시절 겪었던 성적 경험들 때문에 형성된 무의식의 억압 때문이라는 터무니없는 발상을 했고, 정신분석가의 마술 같은 언어의 힘에 의해서 그 속박을 풀고 신체적 증상까지 해결할 수 있다고 확신했다. 그러나 그는 정신분석에는 끝이 있을 수 없으며, 피분석자의 인생이 끝날 때가지 정신분석을 받아야만 한다고 발언하기도 했다.

재미있는 것은 프로이트 그 자신도 언어 치료의 마술 같은 힘에만 의지했던 것은 아니라는 것이다. 그는 공공연히 언어 치료의 전지전능한 능력을 선전하고 다녔지만, 실제로는 언어 치료에 의해 사람들이 치료가 되지 않았고, 그도 여러가지 다른 치료법들을 시도해보기도 하였다. (유아적 퇴행으로 간주한 자위행위를 환자가 하는 것을 막기 위하여, 환자의 요도에 카테터를 집어넣고 냉수를 유입시키기도 하였다.)

의학을 버리면서 물리적인 몸뚱아리를 떠났던 그는 말년에는 다시 해부학과 생명과학에 기대는 모습을 보여주기도 하였다. 외부에 비춰진 그의 이미지와는 다르게 그는 늘상 갈팡질팡하였다.


왜 프로이트는 유물론자이면서 동시에 반유물론자인
가? 그가 위대한 사상가이기 때문일까? 아니다. 제대로
알지 못해서 사상이 왔다 갔다 했기 때문이다.


육체와 영혼은 서로 상보적이다. 이 둘은 죽기 전까
지는 뗄래야 뗄 수가 없는 짝이다. 당연히 육체의 문제
가 영혼에도 영향을 미치며 역으로도 성립한다. 그러므
로, 영혼의 문제 해결에만 집중하는 것은 반쪽짜리 처방
이다. 프로이트가 말년에 다시 육체에 눈을 돌렸던 것
도 , 그 자신의 치료법에 빠진 반쪽을 느꼈기 때문일 것

이다. 하지만 그의 사상은 처음부터 방향을 잘못 잡았기 때문에, 도무지 사람을 치료할 실마리를 찾지 못하였다. 고속도로를 자동차로 달려야 하는데, 자동차 대신에 선박을 몰고간다면, 아무리 키를 잡고 방향타를 이리 저리 조정한들 목적지에 도달할 수 있겠는가?

사실 그 시대에 프로이트에게 치료를 받았던 많은 환자들, 특히 신경증이나 히스테리로 진단을 받았던 환자들 중에는, 정신적인 문제가 아닌 육체적인 문제를 갖고 있었을 것이다. 그 중에서도 영양 부족에 의한 신경 질환에 의해 고통 받았을 것이다. 간단한 예로, 저혈당에 의해 사람은 쉽게 분노를 느낄 수 있으며, 그 분노를 절제하기 어려워진다.

그러므로 영양 부족을 해결해서 신체적으로 건강해지는 것만으로도, 어떤 경우의 정신적인 문제들을 해소할 수 있다. 현대상담심리학을 공부하는 사람들은 프로이트의 사상에 영향을 받아, 육체적인 문제들을 모두 정신적인 차원에서만 분석하고 해결하려는 경향이 있다.

육체적으로는 잘 먹고 잘 싸고 잘 자며, 정신적으로는 사랑 받고 사랑을 하는 삶. 그러한 육과 혼의 균형잡힌 삶, 그러면서 하나님과 동행하며 살아갈 때 건강한 삶이 될 수 있다고 여긴다.

이는 어떠한 정신분석가도, 어떠한 심리상담사도, 어떠한 의사도, 어떠한 성직자도, 어떠한 역술가도, 어떠한 무속인도 할 수 없는 것이다. 오직 성령의 은혜로만 가능하다.

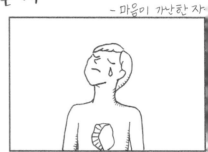

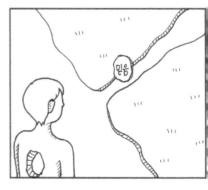

# 프로이트 이론 요약 (부록1)

인간은 짐승처럼 먹고 싸고의 생물학적 본능만을 가지고 태어난다. 이를 Id(이드)라 한다.

성장과정에서 Id의 해소가 중요한데 그 과정을 "구강기, 항문기, 남근기"로 설명한다. 구강기는 0~1.5세쯤으로 젖을 빠는 행동이 모든 것을 대표하고, 항문기는 1.5~3세쯤으로 똥 싸는 행동이 모든 것을 대표하고, 남근기(남아)는 3~5세쯤으로 정자를 싸는 행동이 모든 것을 대표한다. 이러한 과정을 거치면서 Ego(자아)와 S-Ego(초자아)가 생성되고 또한 성격이 형성된다. 이

시기에 만족하면 건강한 성격이 되고, 불만족이 되면 성격장애가 된다. 그리고 삶에 필요한 신체에너지는 포도당인 것처럼 정신에너지는 Libido(리비도)다. 이 Libido는 Id의 해소 과정에서 충전 혹은 방전되는데, 그 주요 시기는 남근기다. 이때 Libido가 방전되면 신경증(정신병)을 앓게 된다.


Id는 무의식적 본능원리로, Ego는 의식적 현실원리로, S-Ego는 의식적.무의식적 도덕원리로 작동한다.

성장과정 중 남근기가 가장 중요한 시기다. 남아의 경우 자기의 남근을 써서 정자를 방출(싸는)해야 한다. 그러려면 대상(여성)이 있어야 한다. 가까이에 엄마가 있다. 엄마를 대상 삼으려면 근친상간이 되어 도덕적 불안요인이 되고, 또한 아빠가 있어 곤란하다. 이 때문에 아빠를 죽이고 싶은 충동, 이른바 친부살해의 충동을 느낀다. 그러나 엄마를 넘본다는 것을 알아 챈 아빠가 내 남근을 제거하려 한다. 이에 거세불안(적대감)이 생긴다. 결국 내가 직접 성관계를 통해 정자를 방출 할 수 없다. 그러니 아빠와 자신을 동일시해서 대리 만족이라도 하자. 이러한 일련의 과정들이 매끄럽지 못하면 일명 오이디푸스 콤플렉스를 가진다.

성장과정 중 남근기의 여아는 자기의 남근이 이미 거세되었다는 이른바 남근거세의 불만을 가진다. 남근을 거세한 사람은 엄마일 것임으로 엄마를 증오한다. 이른 바 동성증오다. 따라서 나도 남근이 있으면 좋겠다는 남근선망을 가진다. 남근선망이 남근 달린 아기선망으로 대치된다. 그래서 엄마들이 아들을 선호한다고 한다. 이러한 일련의 과정들이 매끄럽지 못하면 일명 일렉트라 콤플렉스를 가진다.

Libido 방전으로 정신이 건강하지 못하면 무의식의 내용을 들여다보아야 한다. 무의식에는 Id의 해소과정에서 경험된 여러가지 좋지 않은 기억들이 있다. 이 기억들은 의식으로 끌어 올려져야 치료가 된다. 이를 의식화라 한다. 의식화를 위해서는 꿈, 전이, 역전이 등등을

분석하는데, 기술적으로 최면기법, 자유연상기법 등등

이 소개되고 있다.

# 프로이트 사상으로 교육되어지는 성욕구 (부록2)

사람들에게 본능적인(기본적인) 욕구가 있는데, 그것을 다섯가지(음식욕, 수면욕, 성욕, 재물욕, 권력욕)로 말하기도 하고, 세 가지(음식욕, 수면욕, 성욕)로 말하기도 한다.

이 욕구들은 본능에 따른 기본욕구이긴 하지만, 이를 필수욕구와 선택욕구로 분리하여 해석해야 한다. 지금껏 이를 필수욕구와 선택욕구로 분리하지 않고, 기본욕구 한 가지로만 보았기에 심각한 사회문제가 되었다.

필수욕구는 자유의지로 통제가 안되며, 채우지 않으면 죽는다. 그리고 이는 채움 시 타인에게 비교적 피해를 주지 않는다. 그러므로 이 필수욕구는 억제하지 말고, 잘 채우도록 교육훈련해야 한다. 이에 해당하는 욕구는 음식욕구와 수면욕구이다.

선택욕구는 자유의지로 통제가 가능하며, 채우지 않아도 죽지 않는다. 그러나 이는 채움 시 타인에게 큰 피해를 줄 수 있다. 그러므로 선택욕구는 절제와 채움을 잘 조절토록 교육훈련해야 한다. 이에 해당하는 욕구는 성욕, 재물욕, 권력욕이다.

선택욕구에 해당되어야 할 성욕, 재물욕, 권력욕이 기본욕구로 해석되면서 마치 필수적인 것으로 인식되어 혼돈을 겪고 있다. 필자는 이런 사고방식에 프로이트의 사상이 일조했다고 확신한다.

성욕구에 대한 인식이 달라져야 한다. 성욕구는 기본 욕구이긴 하지만, 필수욕구는 아닌 것이다. 또한 성욕구의 해소가 자손을 얻기 위함인지 아니면 쾌락을 얻기 위함인지 구분할 수 있어야 한다. 자손을 얻기 위함이라면 논쟁의 여지가 없을 것이지만, 쾌락을 얻기 위함이라면 조심스럽게 선택해야 할 것이다. 쾌락을 누리기 위한 성욕구는 반드시 채워야 하는 것이 아니기 때문이다. 인간

에게 주어진 자유의지로 얼마든지 억제 조절할 수 있음

을 인지해야 한다. 성욕구는 선택욕구다.

## 5욕구 중 성욕?

**식욕**(食慾) · **수면욕**(睡眠慾) · **색욕**(色慾) · **재물욕**(財物慾) · **명예욕**(名譽慾)

| 필수 욕구란? | 선택 욕구란? |
|---|---|
| • 자유의지로 통제 불가 | • 자유의지로 통제 가능 |
| • 채우지 않으면 죽음 | • 채우지 않아도 죽지 않음 |
| • 채움 시 타인에게 피해 많지 않음 | • 채움 시 타인에게 피해 많음 |
| • 억제 말고, 잘 채우도록 교육훈련 | • 억제-채움을 잘 조절토록 교육훈련 |

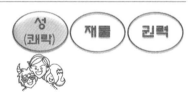

# 프로이트 무너뜨리기 (부록3)

　논리적 싸움으로는 프로이트의 정신분석학을 무너뜨리기 어렵다. 왜냐하면 사회 전반에 뿌리 깊게 박혀 있어서 많은 사람들이 그것이 마치 과학적 진리인양 받아들이고 있기 때문이다. 프로이트의 논리적 골격은 그것이 정서적으로 납득이 되든 안 되든 상관없이 튼튼하게 자리 잡고 있기에, 일반적인 논리적 싸움으로는 한계가 있다는 것이다. 애초에 무의식을 다루는 학문이 아니든가? 즉 목소리 큰 사람이 이기는 싸움이 되어버렸다.

　그러나 어떤 주장이 논리적으로 무너뜨리기 어렵다고 해서, 그것이 옳다는 것은 아니다. 따라서 프로이트의 정신분석학이 옳지 않음을 밝히는 방법은 앞의 글로 유추할 수 있다. 이를 요약하자면 첫째, 효능이 없음을 증명하는 것이고, 둘째는 어떻게 사회에 악영향을 끼쳤는지 낱낱이 밝히는 것이고, 셋째는 프로이트의 가치관과 대립하는 기독교적 가치관으로 무장하여 빛으로 어둠을 걷어내는 것이다. 이렇게 함으로써 최종적으로 상담심리학계가 그토록 지지하는 프로이트의 아성 그 자체를 무너뜨릴 수 있을 것이다.

특히 프로이트의 정신분석학은 프로이트의 인생, 사상, 그리고 가치관이 담겨있는 학문, 즉 그의 전기적 학문이기 때문에, 프로이트의 삶 그 자체를 비판하는 것도 하나의 방법이 될 수 있다.

# 프로이트 사상을 받아들인 나라들이 겪는 아픔(부록4)

성에 대한 사회적 인식이 혼란해지면서 성이 문란해지고, 극단적 여성주의 운동이 확대되고, 동성애가 공공연해진다. 성윤리가 흔들림에 따라 가정윤리도 무너져, 결혼을 하지 않으려 하고, 결혼을 하더라도 아이는 가지려 하지 않으며, 가족 간 불화가 심해지고, 불륜이 조장되어 결국에는 이혼이 늘어난다.

인본주의가 팽배해지면서 사람들이 하나님을 멀리하고 그에 따라 기독교인이 줄며, 그와 함께 개인주의화

되면서 사회가 무질서해지고, 인간의 사회적 의무는 버리며 개인적 권리만 찾게 된다.

전통적인 생물학적 가족이거나 영적인 가족을 부정하고, 정신적인 가족을 이루는 것이 옳은 것이라고 주장하게 된다. 즉 인간의 이성인 정신을 그 무엇보다 높이 평가하여, 생물학적 가족의 원동력이 되는 모성애와 부성애 등을 부정한다. 더 나아가 하나님의 창조원리인 영적인 가족, 즉 남자와 여자가 한 몸이 되어 부부가 되는 원리마저 거부한다. 결국 가족을 생물학적이거나 영적인 기준이 아닌, 정신적인 기준으로 재구성해야 한다고 주장하고 있다.

이런 맥락에서 Gender(젠더, 정신적 성별)가 등장한다. 필자는 이러한 사회적 현상이 프로이트의 사상에 의해 촉발되었다고 본다. (참고. 프로이트의 사상에는 찰스 다윈, 칼 마르크스, 프리드리히 니체 등등의 사상이 면면히 녹아 있지만, 본서에서는 논하지 않았다.)

# 공동저자 – 배원식 (010–2894–7575)

– 음력 1959년 11월 2일에 태어나다.

– 다원재능으로 이름 붙인 심리검사 및 치유법을 개발하여 세계최초로 발명특허를 받다.

– 다원재능학회에서 다원재능전문가(상담사)를 양성하다.

– 종교대학에서 상담심리–다원재능학 전공 석박사학위 과정을 운영하다.

– 학사는 기독교교육학, 사회복지학, 아동복지학을 전공하다.

– 석사는 경영학, 가족상담학, 목회상담학을 전공하다.

– 박사는 종교교육학, 목회상담학, 상담심리학을 전공하다.

– 학교 공부 이외에 상담심리관련 각종 자격증(예, MBTI, 에니어그램, DISC, 도형상담, 홀랜드, NLP, 교류분석, 뇌훈련지도자, 심리상담사, 정신관련 각종강좌 등등) 공부를 하느라

약 오천만원(₩50,000,000)을 지불하다.

그럼에도 배우면 배울 수록 목이 마르다. 그 이유는 배움의 내용이 진화론이고 발달이론이며, 인본주의이고 대증요법이며, 백과사전이기 때문임을 많은 시간과 비용을 지불하고 나서 깨닫다.

결국 프로이트의 사상이 살아 있는 한, 하나님을 변방으로 밀어 낼 것이기에 프로이트가 죽어야 한다. 그리되어야 상담심리학계에서 교수학습하는 내용이 진화론에서 창조론으로, 발달이론에서 때(時)이론으로, 인본주의에서 신본주의로, 대증요법에서 근본요법으로, 백과사전에서 성경으로 바뀌게 될 것이다.

현존하는 상담심리학계에서 프로이트를 애지중지하는 한, 건강한 개인과 사회는 존재하지 않는다. 프로이트가 죽어야 가족과 사회가 건강해진다.

# 공동저자 — 심재명

- 1991년 11월 12일에 태어나다.
- 천안 북일고등학교를 졸업한 후, 성균관대학교 생명과학과에서 학사 학위를 취득하다.
- 서울대학교 의과학대학원의 석박사 통합과정 중 기질적인 갈등으로 자퇴하다.
- 모교인 성균관대학교 생명과학대학원 석박사통합과정에 입학하다. 그러나 생명과학 연구의 길이 자신과 맞지 않는다는 것을 인식하고 휴학하다.
- 방황 중에 마침 본서 공동 저자인 배원식박사님에게 진로상담을 받다.
- 이후 하나님을 향한 믿음과 순종의 토대 위에서 자신의 삶을 다시 바라보게 되다.
- 다원재능학을 배워 2018년 4월 다원재능전문가 자격을 취득하다.

-배원식 박사님으로부터 현대 상담심리학계의 정신적 지주라 하는 프로이트 비판서 공동 저술 제안을 받다. 이공계 출신으로서 본격적인 저술 전에 아무런 선입견 없이 프로이트에 대해 공부하다.

- 그 결과 마음 속에 프로이트를 향한 의분이 가득 차다. 그 분노는 본서 저술을 열정적으로 지속하게 하는 에너지가 되다.


부디 이 책을 읽는 독자들에게도 그러한 분노가 일어나길 바라는 바이다. 본서가 본인 인생의 한 전환점이 될 것이라 확신하다.

본 저자는 현재 기독교 군종특기병으로 군복무 중이다. 복무 중과 이후에 본인의 삶이 하나님의 나라와 그의 의를 위한 도구로 쓰이기를 소망하다. 본서 저술의 기회를 주신 배원식 박사님과 이 모든 과정을 이끌어 주신 하나님께 영광 올린다.

# 참고문헌

Michel Onfray, 2013, 우상의 추락, 전혜영 역,
서울: (주)글항아리.

E. S. William, 2016, 기독교 상담 비판,
변상해 역, 서울:한국청소년보호재단.

John MacArthur, 2008, 그리스도만으로 충분한
기독교, 이용중 역, 서울:부흥과 개혁사.

Ed Bulkley, 2006, 왜 크리스천은 심리학을 신뢰할
수 없는가, 차명호 역, 서울:미션월드라이브러리.

옥성호, 2007, 심리학에 물든 부족한 기독교, 서울:
부흥과 개혁사.

박순용, 2009, 기독교 세상의 함성에 빠지다, 서울
: 부흥과 개혁사.

손경환, 2011, 왜 성경적 상담인가?, 서울:미션월드라이브러리.

박태양, 2013, 눈먼 기독교, 서울:국제제자훈련원.